Francis  Jammes, Ernst Stadler

# Die Gebete der Demut

Francis  Jammes, Ernst Stadler

**Die Gebete der Demut**

ISBN/EAN: 9783337353001

Hergestellt in Europa, USA, Kanada, Australien, Japan

Cover: Foto ©Andreas Hilbeck / pixelio.de

Weitere Bücher finden Sie auf **www.hansebooks.com**

FRANCIS JAMMES
# DIE GEBETE DER DEMUT
ÜBERTRAGEN
VON
ERNST STADLER

1913
KURT WOLFF VERLAG • LEIPZIG

Dies Buch wurde
gedruckt im August 1913 als neunter
Band der Bücherei „Der jüngste Tag" bei
Poeschel & Trepte in Leipzig

# GEBET ZUM GESTÄNDNIS DER UNWISSENHEIT

Hernieder, steige hernieder in die Einfalt, die Gott will!
Ich habe den Wespen zugesehen, die im Sand ihr Nest
    gebaut.
Tu so wie sie, gebrechlich krankes Herz: sei still,
Schaffe dein Tagwerk, das Gott deinen Händen
    anvertraut.
Ich war voll Hoffart, die mein Leben falsch gemacht.
Anders als alle andern meinte ich zu sein:
Jetzt weiß ich, o mein Gott, daß nie ich anderes
    vollbracht
Als jene Worte niederschreiben, die die Menschen sich
    erfanden,
Seitdem zuerst im Paradies Adam und Eva aufgestanden
Unter den Früchten, die im Lichte unermeßlich blühten.
Und anders bin ich nicht als wie der ärmste Stein.
Sieh hin, das Gras steht ruhig, und der Apfelbaum senkt
    schwer
Bebürdet sich zur Erde, zitternd und in liebendem
    Verlangen —
O nimm von meiner Seele, da so vieles Leiden über mich
    ergangen,
Die falsche Schöpferhoffart, die noch immer in ihr liegt.
Nichts weiß ich ja. Nichts bin ich. Und nichts will ich
    mehr
Als bloß zuweilen sehen, wie ein Nest im Wind sich wiegt
Auf einer rötlichen Pappel oder einen Bettler über helle
    Straßen hinken,

Mühselig, an den Füßen Risse, die im Staube blutig
    blinken.
Mein Gott, nimm von mir diese Hoffart, die mein Leben
    giftig macht.
Gib, daß ich jenen Widdern ähnlich sei auf ihrer Weide,
Die immer gleich, aus Herbstes Schwermut, demutsvoll
    gebückt,
Zur Frühlingsfeier wandeln, die mit Grün den Anger
    schmückt,
Gib, daß im Schreiben meine Hoffart sich bescheide:
Daß endlich, endlich ich bekenne, daß mein Herz den
    Widerhall
Nur tönt der ganzen Welt, und daß mein sanfter Vater
    mir
Geduldig nur die Kinderregeln beigebracht.
Der Ruhm ist eitel, Herr, und Geist und Schaffen leerer
    Schall —
Du einzig hast sie ganz und gibst sie an die Menschen
    fort,
Die aber schwatzen immer bloß dasselbe Wort
Gleich einem Bienenschwarme, der durch
    sommerdunkle Zweige zieht.
Gib, daß, wenn heute früh ich mich vom Pult erhebe,
Ich jenen gleiche, die an diesem schönen Sonntag zu dir
    gehn
Und in der armen weißen Kirche, vor dich hingekniet,
Demütig lauter ihre Einfalt und Unwissenheit gestehn.

# GEBET, MIT DEN ESELN INS HIMMELREICH EINZUGEHN

Wenn einst zu dir, mein Gott, der Ruf zu gehn mich
    heißt,
Dann gib, daß feiertäglich rings das Land im
    Sommerstaube gleißt.
Ich will nur so, wie ich getan hinieden,
Einen Weg mir wählen und für mich in Frieden
Ins Himmelreich hinwandeln, wo am hellen Tag die
    Sterne stehn.
Ich greife meinen Stock und auf der großen Straße will
    ich fürbaß gehn
Und zu den Eseln, meinen Freunden, sprech ich dies:
„Hier, das ist Francis Jammes: der geht ins Paradies,
Ins Land des lieben Gottes, wo es keine Hölle gibt,
Kommt mit mir, sanfte Freunde, die ihr so die
    Himmelsbläue liebt,
Arme geliebte Tiere, die mit einem kurzen Schlagen
Des Ohrs die Fliegen und die Prügel und die Bienen von
    sich jagen."

Dann will inmitten dieser Tiere ich mich vor dir zeigen,
Die ich so liebe, weil den Kopf so sänftiglich sie neigen
Und ihre kleinen Füße aneinanderstemmen, wenn sie
    stille stehn,
Recht voller Sanftmut, daß es rührend ist, sie anzusehn.
So tret ich vor dich hin in dieser tausend Ohren Zug,
Gefolgt von solchen, denen einst der Korb um ihre
    Lenden schlug,
Und denen, die im Joch der Gauklerkarren gingen,

Und vor geputzten Wagen, die voll Flittergold und
	Federn hingen,
Und solchen, über deren Leib verbeulte Kannen
	schwankten,
Und trächtigen Eselinnen schwer wie Schläuche, die
	zerbrochnen Schrittes wankten,
Und denen, über deren Bein man kleine Hosen streift,
Die Fliegen abzuwehren, deren Schwarm vom Blute
	trunken sie umschweift
Und ihrem Leib die blauen, sickernd offnen Male läßt —

Laß mich, mein Gott, mit diesen Eseln zu dir schreiten,
Gib, daß einträchtiglich die Engel uns geleiten
Zu den umbuschten Bächen, wo im Winde zitternd
	Kirschen hangen,
So glatt und hell wie Haut auf jungen Mädchenwangen,
Und gib, daß ich in jenem Seelenreiche,
Zu deinen Wassern hingebeugt, den Eseln gleiche,
Die alle sanfte, arme Demut ihres Gangs auf Erden
Im lautern Quell der ewigen Liebe spiegeln werden.

# GEBET, UM GOTT EINFÄLTIGE WORTE ANZUBIETEN

Gleich jenem Bilderschnitzer, den ich heute Morgen sah,
    besorgt und still
Im klaren Lichte sich auf seine Arbeit bücken,
Heilige schnitzend für die Kanzel seines Dorfes: also will
In meine Seele ich die frommen Bilder drücken.
Er rief zu seiner armen Schnitzbank mich heran,
Sein hölzern Werk zu sehn, und lange stand ich so davor
Und sah den Löwenkopf zu Füßen von Sankt Markus
    und den Aar
Zu Füßen von Johannes und Sankt Lukas in den
      Händen
Ein offnes Buch, darin die heiligen Regeln ständen.
Des Bildners Linke hatte übern Meißel sich gestreckt,
Die Rechte, aufgehoben, hielt noch zaudernd einen
      Hammer ausgestreckt.
Draußen auf Schieferdächern tanzte Mittagsluft in
    blauen Lichtern,
Von welkenden Basilien stieg ein frommer
      Weihrauchduft empor
Zu all den plumpen Heiligen mit den eckigen
      Gesichtern.

Mein Gott, so schöne heilige Arbeit haben meine Hände
    nicht bestellt.
Du wolltest nicht, o Gott, daß ich zu dieser Welt
In armer Stube käme, nah dem Fenster, wo zur Nacht
Die Kerze tanzend vor den grünen Scheiben wacht.
Und wo vom frühen Morgen an die hellen Hobel gehn.

10

Mein Gott, wie gerne hätt' ich meine Heiligenbilder dir
    gebracht.
Und all die zarten Kinder, die am Heimweg von der
    Schule sie gesehn,
Ständen vor meinen weisen Königen entzückt,
Die Gold und Weihrauch spendeten und Elfenbein.
Und neben den drei Königen aus Morgenland
Schnitt ich ins Holz so wie aus Weihrauch eine Wolke
    ein,
Und hätte rings mein Bild mit Lilienkelchen
    ausgeschmückt,
Demütig schön wie Trinkgefäße, die ich in der Armen
    Stuben fand.

Mein Gott, da immer noch mein Herz sich quält und
    fragt,
Ob es in rechter Demut sich dir nahe,
Nimm diese schlicht einfältigen Worte von mir an
Statt eines Kanzelstuhls, darin die reine Magd
Von früh bis spät Fürsprach mir hätt' getan.

# GEBET, DASS EIN KIND NICHT STERBE

Mein Gott, erhalte seinen Eltern dieses zarte Kind,
Wie du wohl auch ein Kraut erhältst im bösen Wind.
Was macht es dir denn aus — da doch die Mutter weint
    und fleht —,
Wenn es sogleich noch nicht zu dir hinübergeht
Als wie nach einem Spruch, der nicht zu ändern war?
Schenkst du ihm jetzt das Leben, wird es nächstes Jahr
Dir Rosen streun am sonnigen Fronleichnamstag!
Doch bist du ja allgütig. Und du bist es nicht,
Der Todesbläue ausgießt auf ein rosiges Gesicht,
Es wäre denn, du wolltest Heimatlosen eine Wohnstatt
    geben,
Wo bei den Müttern immerfort die Söhne leben.
Doch warum hier? Ach, da die Stunde schlägt,
Gedenke, Herr, vor diesem Kind, das sich zum Sterben
    legt,
Daß um die Mutter immer dir zu weilen ward gegeben.

# MEIN NIEDRER FREUND ...

Mein niedrer Freund, mein treuer Hund, nun littest du
den Tod,
Vor dem du oft so wie vor einer bösen Wespe dich
versteckt,
Die dich bis untern Tisch, wo du dich bargst, bedroht.
Dein Kopf, in dieser kurzen Trauerstunde, hat sich zu
mir aufgereckt.

Alltäglicher Gefährte, Wesen benedeiter Art,
Du, den der Hunger stillt, sobald dein Herr ihn teilt,
Der mit Tobias und mit Raphael hinausgeeilt,
Da sie zusammen sich aufmachten auf die Pilgerfahrt.

Getreuer Knecht: du sollst mir hohes Beispiel sein.
Du, der an mir so wie an seinem Gott ein Heiliger hing.
All deine dunkle Klugheit, die wir nie begriffen, ging
Lebendig nun in einen fröhlich unschuldsvollen Himmel
ein.

Soll mir dereinst, mein Gott, die Gnade werden,
Dich anzuschaun von Angesicht zu Angesicht am
jüngsten Tag,
Gib, daß ein armer Hund ins Angesicht dem schauen
mag,
Der immer schon sein Gott ihm war auf Erden.

# AMSTERDAM

Die Häuser, spitzgegiebelt, scheinen sich zu neigen,
Als wollten sie fallen. Masten vieler Schiffe, die dem
     Grau des Himmels sich vermischen,
Lehnen vornüber wie Gestrüpp von dürren Zweigen
Inmitten von grünem Laub, von Rot und rostigem
     Braun,
Von Kohlen, Widderfellen und gesalznen Fischen.

Robinson Crusoe hat einst durch Amsterdam den Weg
     genommen
(So glaub ich wenigstens), da er von seiner grünen
Schattigen Insel, wo die frischen Kokosnüsse blühten,
     heimgekommen.
Wie schlug das Herz ihm, da er plötzlich vor sich nah
Die mächtigen Türen mit den schweren Bronzeklöppeln
     sah! . . .

Schaute er voll Neugier in die Halbgeschosse, wo in
     Reihen
Die Schreiber sitzen, in ihr Rechnungsbuch versenkt?
Kam ihn die Sehnsucht an, zu weinen, da er an den
     Papageien
Dachte, den er so liebte, und den schweren
     Sonnenschirm,
Der auf der traurigen und gnadenreichen Insel oft ihm
     Schutz geschenkt?

Ach, deine Wege, Herr, so rief er aus, sind wunderbar!
Da all die Kisten mit den Tulpenmustern auf den Gassen
Sich vor ihm stauten. Doch sein Herz vom Glück der

Wiederkehr beschwert,
Dachte der Ziege, die im Weinberg seiner Insel er allein
    zurückgelassen,
Und die vielleicht nun schon gestorben war.

Dies alles fiel mir ein vor den ungeheuren Frachten im
    Hafen,
Und ich sah im Geist die alten Juden, die an schwere
    Eisenwagen
Mit knochigen Fingern rühren, über denen grüne Ringe
    glänzen.
O sieh! Amsterdam will unter weißen Wimpern von
    Schnee entschlafen
In den Geruch von Nebel und von bitterer Kohle
    eingeschlagen.

Die gewölbten weißen Buden, wo zur Nacht die Lampe
    glimmt,
Und aus denen man den Ruf und das Pfeifen der
    schweren Frauen vernimmt,
Hingen gestern im Abend wie Früchte, wie große
    Kürbisschalen.
Man sah Plakate blau und rot und grün im Licht
    aufstrahlen.
Von gezuckertem Bier ein scharf prickelnder Duft
Lag mir auf der Zunge und war mir ins Gesicht
    gestiegen.

Und in den Judenvierteln, die rings voller Abfälle liegen,
Stand der Geruch von kalten rohen Fischen.
Auf dem klitschigen Pflaster lagen Orangenschalen
    umhergezerrt.

Ein aufgedunsener Kopf hielt weite Augen aufgesperrt.
Ein Arm, der Reden hielt, schwang Zwiebeln in der Luft.

Rebekka, du verkauftest an den schmalen Tischen
Schwitzendes Zuckerzeug, armselig hergerichtet . . .

Der Himmel strömte wie ein unsichtbares Meer
Wolken von Wellen in die starrenden Kanäle.
Stille lag auf der Handelsstadt und stieg, ein
　　unsichtbarer Rauch,
Feierlich von den starken hohen Dächern her
Und Indien trat beim Anblick dieser Häuserreihn vor
　　meine Seele.

Oh, und ich träumte, daß ich so ein Handelsherr einst
　　war,
Von denen, die aus Amsterdam in jenen Tagen
Gen China segelten und vor ihrem Gehn
Die Hut des Hauses einem treuen Diener aufgetragen.
Ganz so wie Robinson hätt ich vor dem Notar
Die Vollmachtschrift umständlich mit der Unterschrift
　　versehn.

Meine strenge Rechtlichkeit hätt' meinen Reichtum
　　aufgebaut.
Mein Handel hätte geblüht so wie im Mondenschein
Ein Lichtstrahl, der am Schnabel meines runden Schiffes
　　säße.
Die großen Herren von Bombay gingen bei mir aus und
　　ein
Und hätten mit heißem Blick auf mein kräftig schönes
　　Weib geschaut.

Ein Mohr mit goldnen Ringen, vom Mogul entsandt,
Käme zu handeln, lächelnd unter seinem Sonnenschirm!
Bei seinen wilden Geschichten hätte meiner schlanken
　　Ältesten Herz gebebt,
Und zum Abschied hätte er ihr ein Gewand
Geschenkt, rubinenfarben, von Sklavenhänden gewebt.

Die Bilder meiner Lieben hätt' ich dann nachher
Bei einem armen geschickten Maler bestellt:
Mein Weib, mit hellen rosigen Wangen, schön und

schwer,
Die Söhne, deren starke Jugend alle Welt
Entzückte und der Töchter Anmut, mannigfalt und rein.

Und also wär' ich heute, statt ich selbst zu sein,
Ein andrer und auf meinen Reisen im Vorübergehn
Hätt ich mir wohl das altehrwürdige Haus besehn,
Und meine Seele hätte träumend gebebt
Vor den schlichten Worten: Hier hat Francis Jammes
        gelebt.

# ICH WAR IN HAMBURG

„Ich war vier Monde in Hamburg, dann im Haag.
Ich nahm das Schiff nach London. Es lag
Am 10. Jänner 1705 im Hafen. In zehen Jahren
Und neun Monaten war ich nicht daheim. Zu einer größern Reise
    auszufahren,
Rüst ich mich nun . . mit meinen zweiundsiebenzig Jahren,
Nach einem Leben reich gesegnet mit Abenteuern und Gefahren.
Ich ward genug umhergeschüttelt und verschlagen,
Zu lernen, wie süß es ist, sein Leben in der Stille auszutragen."

So steht's geschrieben auf dem letzten Blatt
Von Robinson Crusoes Geschichte. Ein Duft wie von
    Muskatsträuchern hat
Von seinem wunderbar geblümten Rock sich
    losgemacht.
Das ferne Gewitter, das wie eine alte Schiffskanone
    kracht,
Läßt Albions Veste erzittern. Und auf dem Bild, darauf
    mein Auge blickt,
Sieht man den alten Seehelden, wie er über der Bibel
    sinnt und Dankgebete zum Himmel schickt.
Mitten auf dem Tische das Fernrohr steht,
Mit dem er einst die Spur der nackten Füße erspäht
An die Wand gelehnt friedlich beieinander weilen
Der Sonnenschirm und die Mütze aus Ziegenfell und der
    Bogen mit den Pfeilen
Und die Axt zum Entern und das Seemannsschwert.
Hier das Medaillon von Freitag. Und nahe dabei,
Gegen die Karte der verlassenen Insel gekehrt,
Ein Strohkäfig mit einem sehr grünen Papagei.
Wie du, Robinson, hab ich Sturm und Gewitter ertragen,
Sah, wie du, über meinem Kopf das Meer zum Himmel

18

aufschlagen
In bleigrauen Wellenbergen. So wühlte
Der Orkan meiner Liebe, der das Deck überspülte,
Und warf mich auf die Knie und höhnte. Crusoe, Crusoe,
    das Meer
Und die Liebe sind Geschwister von altersher
Und beide glühen aus dörrenden Sonnen Brand
Auf unser Herz und höhlen es aus gleich einer Muschel
    am Strand.
Und die Taue knirschen und singen wie die Fraun,
Und in unserm Blut ist diese schwarze See, die schwillt
Und uns mit dem bittern Rauschen ihrer Wasser füllt.

Alter englischer Freund! Du warst der klügere, traun!
Von uns beiden. Denn wo auch dein Fahrzeug
    Schiffbruch litt,
Immer hattest du sauber geschnürt dein Bündel mit:
In Juan Fernandez und am Cap
Der guten Hoffnung. Klug und sorglich. O, ich hab'
Sie lieb, diese nüchterne und praktische Poesie,
Und ich liebe, Crusoe, deine Witwe, die,
Während du in der Ferne weiltest, dein Hab und Gut
    verwahrt.

Nun darfst du, da sie all die Jahre für dich gespart,
Friedlich die Tage, die dir noch bleiben,
In dem lieben grauen Hause wohnen, das meine Verse
    zu Anfang beschreiben.
Nichts hast du auf deiner Insel vergessen, alles ist wie
    immer zur Stell':
Der Sonnenschirm und die Mütze aus Ziegenfell.
Was ich heimgebracht habe? — so wirst du fragen, —
Von der wüsten Insel, von der mich das Schicksal
    zurückgetragen?
Nichts, keine Ankerboje, keinen Käfig für die Hühner,
    nicht ein einzig kleines Ding.

Still! Laß dir erzählen, wie es geschah, daß mich die
    Brandung fing.

Es war im sanften April, wo der Frühling wie ein Meer
Sich den Vögeln auftut, verwegnen Ceylonschwimmern,
Die nach Perlen tauchen, die aus weißblauen
    Luftabgründen schimmern:
Rotkehlchen, Amseln, Lerchen und Nachtigallen —
Man hörte, von den Gärten der kleinen Häuser her,
Wie das Herz des Flieders aufbrach über den roten
    Pfirsichkorallen.

Oh, ich habe nicht an jene andern Korallen gedacht,
Die einst die goldne Perusa und ihren Stolz zu Falle
    gebracht.

Die Liebe und der Himmel und die Erde lagen, so schien
    es, im Traum beisammen.
Selig wie eine Nacht der Nächte sank die Nacht.
Aber bald begann das Duften der Obstblüte brünstiger
    aufzuflammen.
Da hab ich, Robinson, alle Gefahren vergessen
Des vergangenen Lebens und habe vermessen
Und unbedacht des Spruchs der Alten, die in ihren
    Rahmen träumen,
Nur begierig, ein neues Geschwader in den Wellen
    aufschäumen
Zu sehen, den Kompaß meines liebetollen Herzens
    hinausgedreht
Nach einer Insel, die schwer und ernst wie der Tag in den
    Wassern steht.

Die Insel war verzaubert und war nichts als ein Weib.

Die Stimme ihrer Vögel machte mich ihr zu eigen.
Andere haben mich betört mit Feuer und Vulkan.
Oh, ich liebte, Crusoe, die Berge, die von Yucatan
Unterm Meer fortlaufen, bis sie in den Antillen wieder

zum Licht aufsteigen.
Mein Geschlecht hat unter jenen Mädchen gelebt, die
mit ihren Händen
Die Flammen im Busen bedecken und lange
Abschiedsküsse senden.
Aber hier hat mich nicht das Feuer, hier hat mich der
Schnee versehrt,
Oh, ein Schnee, den kein hungriger Blitz jemals
verzehrt,
Schnee, dessen klare Augen die unbewegte Macht
Des Feuers spiegeln, das ein Hirt im Winter mitten
zwischen dem Eis entfacht.
O Crusoe, dies ist die Insel der wildesten Schrecken,
Denn mit ihrer Kälte weiß sie die Flammen in deinem
Busen zu wecken.

Wie es geschah, daß ich dennoch heil die Flucht
genommen?
O Freund, Virgil allein verstünde hier zu entkommen.
Denn der ganze große Ozean hält nicht so fest
Wie die eine sanfte Welle, die mich umschlang und nicht
von sich läßt.
Jetzt denk ich wie du, mein Crusoe,
Daß es gut ist, in seinem Zimmer zu träumen!
Mein Kaffeekessel summt mir wie ein englischer Roman
im Ohr.
Ich habe Liebesbriefe, die singen mir ihre Sehnsucht vor
—

So hat dir, Crusoe, der große Ozean gesungen,
In dessen Reich deine herrliche Seele gedrungen.
Werd ich eines Tages wieder hinausziehn? Wer will es
sagen?
Und dennoch sehn ich mich so, noch einmal die Arme
zu schlagen
Um jene weiße Boje Weib und auf erregten Meeren

Inmitten hoher Wellen lachend wiederzukehren.
Alle Vögel dieses Märzmondes laden mich zur Liebe ein.
Heut' Morgen, beim Erwachen, da sie die neuen Weisen
      probten, drang ihre Stimme zu mir herein.
Ein Sperling sprach mir lange zu. Was soll ich tun?
O kleine Vögel ihr, Rotkehlchen meiner Seele, euerm
      Sang
Kann ich nicht folgen . . . oder, ach! mir ist zu folgen
      bang.
Die Sträucher sind zu grün. Ich würde eure Lust
      beengen . . .
Erst müssen Schatten sich über die Wälder hängen.

# DIE KIRCHE, MIT BLÄTTERN GESCHMÜCKT

Der Dichter ist in seiner Seele Wald allein.
Sein Herz ist matt vom langen Weg und schwer von
      Harme.
Er wartet, ach vergebens! unter der Lianen Spiegelschein
Und blauen Balsamblumen auf den guten Samariter,
      der sich sein erbarme.

Er fleht zu Gott. Der schweigt. Da hält sein Jammer sich
      nicht mehr.
Schmerz lastet auf ihm wie Gewitterschlag so schwer.
„Gib Antwort, Herr, was hat dein Wille über mich
      erkannt?
Aus deiner Freude selbst bin ich verbannt.
Wie ausgedörrt leb' ich in meinem großen Leid.
O kehre wieder! Gib mir doch die Munterkeit
Des Vogels, der sich singend dort im Herzen dieses
      Sandbeerbaumes regt —
Was will dein Zürnen mir, daß es mich so in Stücke
      schlägt?“

„Ich pflüge deine Seele. Sei geduldig, Kind!
Du leidest, weil mein Herz mit dir gerecht zu sein mich
      heißt.
Laß mich in deiner Seele wohnen, immer . . . dann noch,
      wenn der Wind
Die letzten Rosen von den Sträuchern reißt.
Geh nicht von mir. O sieh, ich brauche dich und deine
      Qual.

O mein geliebter Sohn. Ich brauch' die Tränen die in
      deinen Augen stehn.
Ich brauche einen Vogel, mir zu singen überm
      Kreuzespfahl.
Rotkehlchen meiner Seele, willst du von mir gehn?"

„Mein Gott, auf deiner Stirne, die den Kranz von Dornen
      trägt,
Will ich dir singen durch dein langes Todesgraun.
Doch wenn die Schreckenskrone dann in Blüten schlägt,
Verstatte du, mein Gott, dem Vogel, dort sein Nest zu
      baun."

# DIE TAUBE . . .

Die Taube, die den Zweig des Ölbaums hält,
Das ist die Jungfrau, die den Frieden bringt der Welt.
Das Osterlamm, das man zur Schwelle trägt,
Wird einst zum Lamme, das ans Kreuz man schlägt.
Nur Stück um Stück wird das Geheimnis offenbar.
Der brennende Busch ertönte, ehe Pfingsten war.
Vor Noahs Arche schwamm die Kirche auf der
      Wasserflut,
Und Noah schwamm darauf, eh Moses drüber hat
      geruht;
Moses war überm Wasser, ehedenn Sankt Peter war:
Von Stund zu Stunde reiner macht das Licht sich
      offenbar.

# DER JÜNGSTE TAG

## NEUE DICHTUNGEN

Der Jüngste Tag stellt eine Sammlung von kleineren Werken jüngerer Dichter dar, die als charakteristisch für unsere Zeit und als zukunftweisend zu gelten haben.

Im Jüngsten Tag erscheinen eine Anzahl Erstlingswerke, aber auch neue Dichtungen anerkannter Autoren sollen veröffentlicht werden. Die Dichtungen des „Jüngsten Tages" sind gleich weit entfernt von lebensfremder Literatenliteratur wie von populärem Kitsch. Aus diesen Werken soll das Lebens- und Weltgefühl unserer Zeit strömen, ihre Entzückungen, Schmerzen, Begeisterungen, Reizsamkeit und Kraft. Menschliche Gefühle werden in knapper Form ausgedrückt und sollen menschliche Gefühle erwecken.

Da das charakteristischste und konzentriertste dichterische Ausdrucksmittel unserer Zeit sich in der Lyrik darstellt, so wird der Jüngste Tag vorwiegend lyrische Werke veröffentlichen, aber auch programmatische und bedeutsame kleine Prosaschriften sollen geboten werden. Nicht nur auf deutsche Dichter soll sich der Jüngste Tag beschränken, sondern auch ausländische Dichtungen sollen zeigen, dass es gewisse Elemente gibt, die der Dichtung aller Länder in unserer Zeit (wie in der bildenden Kunst) gemeinsam sind.

Der Jüngste Tag wird, getreu dem Spiegel seines Wortes, versuchen, alles notwendige zu sammeln, das ihm aus der Stärke des Zeitlichen heraus, ewiges Dasein verspricht. Dies

Unternehmen soll nicht mehr an der Gebundenheit von Zeitschriften leiden. So soll der Jüngste Tag mehr als ein Buch sein und weniger als eine Bücherei.

Jeder Beitrag erscheint einzeln als gesondertes Heft zum Preise von 80 Pfennig geheftet, M 1.50 gebunden.

Der Jüngste Tag wird auch im Abonnement geliefert und zwar als Serien von je 6 Heften. Der Abonnements-Preis beträgt M 4.20 für die broschierte, M 7.80 für die gebundene Ausgabe. Jede bessere Buchhandlung nimmt Abonnements entgegen. Für diejenigen, die die Hefte lieber in einem gebundenen Bande vereinen wollen, wird eine Einbanddecke zum Preise von M 1.50 für jede Serie geliefert.

KURT WOLFF VERLAG • LEIPZIG

*Im Sommer 1913 erschienen:*

FRANZ WERFEL: Die Versuchung • Ein Gespräch

WALTER HASENCLEVER: Das unendliche Gespräch • Eine nächtliche Szene

FRANZ KAFKA: Der Heizer • Eine Erzählung

FERDINAND HARDEKOPF: Der Abend • Ein Dialog

EMMY HENNINGS: Die letzte Freude • Gedichte

CARL EHRENSTEIN: Klagen eines Knaben • Skizzen

*Im Herbst 1913 folgten:*

GEORG TRAKL: Gedichte (Doppelheft)

FRANCIS JAMMES: Die Gebete der Demut • Gedichte

MAURICE BARRÈS: Der Mord an der Jungfrau

BERTHOLD VIERTEL: Die Spur • Gedichte

OTTOKAR BŘEZINA: Hymnen

*Eine Bestellkarte liegt bei!*

KURT WOLFF VERLAG • LEIPZIG

*Pressestimmen*
*über die sechs ersten Hefte des*
„JÜNGSTEN TAGES"

*Professor Witkowski:* „Ein neues verheißungsvolles Unternehmen. Der Gesamteindruck ist der einer kultivierten, nach starkem Leben verlangenden Dichterjugend."

*Zeitschrift für Bücherfreunde:* „. . . am höchsten steht das Gespräch „Die Versuchung" von Franz Werfel. Der Dichter zwischen Satan und Erzengel, ein nach außen gestelltes Innenbild der kämpfenden Wonnen, der Versuchungen und der seligen Erkenntnisse des Dichters von heute. Das ist wirklich ‚Jüngster Tag' . . ."

*Die neue Rundschau:* „Die Unmittelbarkeit, mit der Kafka statt der Realität die ihm eigentümliche Formsprache setzt, macht ihn der expressionistischen Richtung heutiger Malerei verwandt. Als er seine neue Novelle „Der Heizer" schrieb, die in Amerika spielt, wollte er nichts von Amerika hören, obwohl er nie dort gewesen ist. Er schrieb das Amerika seines Kopfes, in dem die Freiheitsstatue keine Fackel, sondern ein Schwert trägt, weil dies besser in den Satz paßt. — Ich glaube, Walser hätte es ebenso gemacht."

*Berliner Börsen-Courier:* „. . . So schafft der Dichter Carl Ehrenstein eine beziehungsreiche, an Klängen schon entzündete Kunst der bis zum Paradoxen verwickelten Urschmerzen. Seine Klagen werden hingesprochen wie Träume (immer denkt und glaubt man daran) zu erzählen sind. Und am Ende dieser wirklichen Gedichte in Prosa ist einem, als habe man eine weite Reise gemacht. Wir lieben dieses Buch . . . Es gibt Klänge, die das Herz zittern machen."

*Königsberger Hartungsche Zeitung:* „Emmy Hennings schafft unmittelbar aus ihren seelischen Evolutionen heraus und das gibt ihren Versen jene faszinierende Unmittelbarkeit, der sich keiner entziehen kann. Ihr Vortrag ist still und ohne Prätention. Aber im Innern dieser leicht hingesagten Strophen fühlt man das Leben pulsen."

KURT WOLFF VERLAG • LEIPZIG

# ARKADIA
## EIN JAHRBUCH
## FÜR DICHTKUNST
### HERAUSGEGEBEN VON MAX BROD
### BUCHAUSSTATTUNG VON E. R. WEISS
Geheftet M 4.50 • Gebunden M 6.—

## INHALT:

## KURT WOLFF VERLAG • LEIPZIG

# GEORG HEYM

## *DER EWIGE TAG*

Zweite Auflage

Geheftet M 3.— • Halbpergamentband M 4.—

*Herbert Eulenberg in der B. Z. am Mittag:* Es ist der bedeutendste unter den wenigen von unsern jungen Lyrikern, die überhaupt heute in Frage kommen. — Er hat die empfindlichsten Nerven und Sinne, die ein Dichter haben muß.

*Frankfurter Zeitung:* Welch ein Anschauen, welche Leidenschaft bildlicher Gestaltung! Ewige Helligkeit, unbarmherziges Licht breitet er über jede Erscheinung der Wirklichkeit u. der Träume, über Leben u. Sterben, Schrecken und Beruhigung. Georg Heym war ein Dichter. Es gibt in der deutschen Lyrik keinen, dem er irgendwie geglichen hätte.

## *UMBRA VITAE*

### *GEDICHTE AUS DEM NACHLASS*

Zweite Auflage

Geheftet M 3.— • Halbpergamentband M 4.—

*Dr. Rudolf Fürst in der Vossischen Zeitung:* Bei all dem ganz Besonderen, dem schier Unerhörten, das er in den feinsten Gefühl- und Vorstellungsnüancen ausdrücken will, zeigt der rasch Gereifte eine ungewöhnliche Beherrschtheit der Ausdrucksmittel. Wir haben viel in Georg Heym, dem Fünfundzwanzigjährigen, verloren. Artifex periit.

## *DER DIEB*

### *EIN NOVELLENBUCH*

Geheftet M 3.— • Gebunden M 4.—

*Leipziger Tageblatt:* . . . Novellen, in denen auf engstem Raume alle Qual der Menschheit von der kindlichen Verzweiflung erster Enttäuschung bis zu Hunger, Entartung, Wahnsinn, Krankheit und Tod mit einer unheimlichen Klarheit und Kraft zu einer fürchterlichen Anklage zusammengepreßt erscheint.

## KURT WOLFF VERLAG • LEIPZIG

# FRANZ WERFEL • WIR SIND

## *NEUE GEDICHTE*

In vorzüglicher Ausstattung. Druck der Offizin W. Drugulin

Geheftet M 3.— • Gebunden M 4.50

Vorzugsausgabe 15 numerierte, vom Autor signierte Exemplare
auf schwerem Japanbütten in Ganzlederbd. M 35.—

*Frankfurter Zeitung:* . . . ein ganz großer Dichter, mit allem
Ernste sei das gesagt.

*Neue Rundschau:* . . . Whitmans kosmische Liebe und Goethes
unersättliche Lust zu fühlen hat sich Werfel durch das Recht der
Wiedergeburt zu eigen gemacht.

# ELSE LASKER-SCHÜLER

## *GESICHTE. Essays u. and. Geschichten*

Geheftet M 4.— • Gebunden M 5.—

## *INHALT:*

Sterndeuterei / Handschrift / Johann Hansen und Ingeborg
Coldstrup / Künstler / In der Morgenfrühe / Elberfeld im
dreihundertjährigen Jubiläumsschmuck / Arme Kinder reicher
Leute / Am Kurfürstendamm / Die beiden weißen Bänke vom
Kurfürstendamm / Die Odenwaldschule / Lasker-Schüler kontra
B. und Genossen / Coranna / Die schwere Stunde / Peter Hille /
Karl Kraus / Loos / Oskar Kokoschka / Peter Baum / Franz
Werfel / S. Lublinski / Paul Leppin / Richard Dehmel / Max Brod
/ Alfred Kerr / Bei Guy de Maupassant / Albert Heine / Karl
Vogt / Paul Lindau / Bei Julius Lieban / Friedrich von Schennis /
Tilla Durieux / Paul Zech / Rudolf Blümner / William Wauer /
Wauer-Walden via München und so weiter / Emmy Destinn /
Franziska Schultz / Kete Parsenow / Ruth / Unser Café / Marie
Böhm / Der Alpenkönig und der Menschenfeind / Egon Adler /
Ein Amen / Wenn mein Herz gesund wär — / Der
Eisenbahnräuber / Im neopathetischen Kabarett / Kabarett
Nachtlicht, Wien / Apollotheater / Tigerin, Affe und Kuckuck /
Im Zirkus / Zirkuspferde / Zirkus Busch.

## KURT WOLFF VERLAG • LEIPZIG

# MAX DAUTHENDEY

## *RELIQUIEN*

Gedichte — Buchausstattung von E. R. WEISS

Geheftet M 2.50 • Dritte Auflage • Gebunden M 4.—

*Das Literarische Echo:* Die „Reliquien" beweisen die ganze starke, eigenartige Begabung des Dichters, seine sinnliche, farbige Sprache, seine schöpferische Kraft. Reif und schön glänzt es, inbrünstige Liebeslieder und Gedichte von jenen unheimlichen, mystischen Stimmungen, die Rilke mit soviel prunkender Spielerei zu erzwingen sucht, die Dauthendey aber in großer, fast starrer Einfachheit zeichnet. Sein Hauptthema bleibt immer die Liebe und die Freude an der Schönheit der Welt; die Lebenslust ist die typische Eigenart seiner Schöpfungen.

## *SINGSANGBUCH*

### *LIEBESLIEDER*

Vom Dichter neu durchgesehene Ausgabe / Zweite Auflage
Einbandzeichnung von E. R. WEISS

Geheftet M 2.— • Gebunden M 3.50

*Berliner Tageblatt:* Hier könnte ich wirklich jedes Gedicht herausgreifen, um die Fülle eines schaffens-, liebes- und lebensfrohen Gemüts, einer unermüdlichen, unerschöpflichen Phantasie anzudeuten.

*Ernst Lissauer:* Da glänzt eine Heiterkeit, die an die lichte Liebenswürdigkeit fränkischer Landschaften mahnt, Weinduft ist darin.

## *DIE AMMENBALLADE*

Acht Liebesabenteuer gedichtet von acht Ammen

## *NEUN PARISER MORITATEN*

Vom Dichter neu durchgesehene Ausgabe

Geheftet M 2.— • Zweite Auflage • Gebunden M 3.50

*Das Literarische Echo:* Vorzügliche Karikaturen, grellbunte Spiegelbilder des Lebens auf einem ernsten dunklen Hintergrund.

## KURT WOLFF VERLAG • LEIPZIG